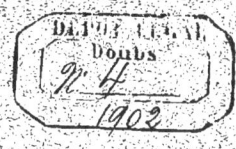

Dr BILLON

A quoi servent

les

Syndicats Médicaux?

❋❋❋❋❋❋❋❋❋

EXTRAIT DE LA Revue Médicale de la Franche-Comté

(N° 1. — Janvier 1902.)

✛✛✛✛✛✛✛✛✛

BESANÇON

TYPOGRAPHIE ET LITHOGRAPHIE DODIVERS

Grande-Rue, 87, et rue Moncey, 8 bis

—

1902

Dr BILLON

A quoi servent

les

Syndicats Médicaux?

++++++++

EXTRAIT DE LA Revue Médicale de la Franche-Comté

(N° 1. — Janvier 1902.)

++++++++

BESANÇON

TYPOGRAPHIE ET LITHOGRAPHIE DODIVERS

Grande-Rue, 87, et rue Moncey, 8 *bis*

—

1902

A QUOI SERVENT

LES

SYNDICATS MÉDICAUX?

A rien. Telle est l'objection qui a été faite au Congrès de Franche-Comté du 4 août 1901, par plusieurs congressistes. Et cette opinion a été soutenue avec un certain talent et une absolue conviction, à propos du projet de création d'un syndicat médical dans le Doubs. Trois arguments ont été développés :

1°) A quoi bon un syndicat, puisque l'Association existante a qualité pour résoudre toutes les difficultés soumises aux syndicats médicaux;

2°) Le mot de syndicat n'est pas compatible avec la dignité médicale, il évoque trop les revendications ouvrières ; cela sent le meeting et la grève;

3°) Enfin, les syndicats médicaux, en général, ont-ils vraiment rendu des services ? Lesquels?

On savait dans l'assemblée que les médecins du Jura avaient constitué depuis plusieurs années un syndicat, et même un syndicat assez remuant. Aussi, comme j'assistais à la réunion, on m'a demandé mon avis. Je vais tâcher de le résumer ici.

Puisse le récit de nos luttes et de nos conquêtes enflammer d'une noble ardeur mes confrères du Doubs, et les déterminer à suivre notre exemple.

« Le besoin crée l'organe » : cette loi du transformisme s'applique aux collectivités comme aux individus.

Si, depuis dix ans, on a assisté sur tout le sol de la France à une telle éclosion de syndicats médicaux, après que la loi de 1892 eut accordé aux médecins le droit de se syndiquer, c'est parce que les difficultés de plus en plus grandes de notre profession avaient rendu

nécessaire l'union des médecins en vue de la défense de leurs intérêts menacés.

La loi de 1892 n'a donc pas, à proprement parler, créé les syndicats
médicaux. Ils existaient déjà virtuellement, sans avoir le droit d'a-
gir. La loi n'a fait que leur ouvrir la porte, et ils sont entrés dans
l'arène.

Est-il besoin d'énumérer les difficultés qui s'accumulaient déjà sur
notre route, et qui n'ont fait qu'augmenter ?

Sociétés de secours mutuels, dont les exigences croissent avec le
nombre des adhérents, et qui viennent nous offrir leurs faveurs au
rabais, la visite à dix sous comme dans certaines villes. — Assistance médicale reprenant en détail ce qu'elle semblait nous avoir
accordé en gros, tel ce département alpin où, d'autorité, le Conseil
général a fixé la visite à trente centimes et le kilomètre à vingt, un
peu moins qu'on ne donne aux saute-ruisseaux du télégraphe. —
Compagnies d'assurances écrivant à chacun de nous, comme à l'élu
de leur cœur, pour obtenir un bon petit traité pas cher, et nous pas-
sant la main droite dans les cheveux pendant que de la gauche elle
nous *font* notre porte-monnaie. — Et enfin la clientèle elle-même,
exigeant davantage du médecin tout en *l'honorant* moins. — Tous
ces adversaires de notre indépendance et de nos intérêts ont amené
le corps médical à se révolter et ont rendu nécessaire la coalition de
nos forces pour résister à tant d'assauts.

Trop longtemps on a exploité notre dévouement et notre désinté-
ressement. Vous connaissez le cliché : « La médecine est un sacer-
doce, le médecin est comme le prêtre... » D'accord ; mais le prêtre
vit de l'autel, tandis que le médecin, lui, trop souvent en meurt.

Lui a-t-on assez tondu sa laine, à ce pauvre mouton médical, qui,
isolé ou en troupeau, ne pouvait que bêler quand on l'écorchait.
Voici les syndicats : du coup, le mouton a regimbé ; ce n'est plus
de la laine qu'il sent lui repousser sur le dos, mais du poil, un poil
dru et raide qui le fait terriblement ressembler à un hérisson. Qui
s'y frotte s'y pique.

Et puis enfin, pourquoi ne pas dévoiler nos plaies secrètes, et
avouer une autre raison d'être des syndicats ? Par suite de l'encom-
brement de la profession médicale, par suite aussi de cette âpreté de
lutte qui existe partout, on a vu s'installer parmi nous des *strugg-l
forlifeurs*, des arrivistes sans scrupules qui, dédaigneux de nos tra-
ditions d'honneur et de dignité, ont *commercialisé* la médecine et
fait la chasse aux clients et aux prébendes, par les moyens les moins
avouables.

Il en est résulté non seulement un abaissement du taux moyen

— 5 —

des honoraires, mais encore, aux yeux du public qui, le danger
passé, ne demande qu'à railler ses augures, un avilissement de notre
profession, jadis respectée et honorée.

. C'est pour lutter contre tous ces ennemis nouveaux que les syndicats étaient devenus nécessaires, et voilà pourquoi, à peine la loi de
novembre 1892 promulguée, on les voyait éclore en grand nombre.
Fin 1900, il y en avait soixante.

Vous nous objectez : « Pas besoin de créer un syndicat, il ferait
double emploi avec l'Association départementale. Rien dans la loi
n'interdit à l'Association de fonctionner comme syndicat. A la ri-
gueur, qui nous empêcherait de constituer au sein de l'Association
une chambre syndicale qui aurait pour mission de veiller à nos intérêts professionnels. De cette façon, on aurait la chose sans avoir le
mot, l'horrible mot de syndicat, dynamitard et prolétarien. »

Je m'inscris carrément en adversaire de cette opinion. Eh ! par-
bleu, nous le savons bien, que le mot de syndicat évoque des idées
de combativité, de résistance, d'assauts ! Mais c'est justement pour
cela que nous le voulons, et qu'il ne saurait être remplacé par le
titre d'association. L'Association confraternelle (le mot l'indique),
c'est la bienfaisance, la charité, l'assistance entre confrères ; le syndicat, c'est la coalition des énergies, des forces armées contre les
empiétements du dehors. L'Association, c'est l'Hôtel des Invalides ;
le Syndicat, c'est l'École militaire. Loin d'être rivales, les deux fon-
dations sont connexes, presque mitoyennes.

Autre objection : « Les syndicats n'ont rien produit, que des dis-
cussions stériles et des projets morts-nés. »

Vous croyez ? Eh bien, pour répondre, me voici amené à parler de
nous, du Syndicat des médecins du Jura.

Il a été constitué en 1897, à l'instigation du docteur Chevrot,
conseiller général de Bletterans, qui en est le président. Il com-
prend aujourd'hui les trois quarts des médecins du Jura ; chose
bizarre, le quart dissident est en grande partie formé de jeunes.

Dès le lendemain de sa création, on s'est mis à l'œuvre. Et le
31 août 1898, est adopté à l'unanimité, après de vifs débats, un Tarif
minimum d'honoraires. Ici, rendons à César ce qui appartient à César : notre tarif a beaucoup emprunté à celui du Doubs, cette petite
plaquette jaune bien connue qui était excellemment rédigée (1).

(1) Il a fallu, pour la faire oublier, le remarquable Tarif actuel, dû à nos distin-
gués confrères bisontins de la Société de médecine. Ce Tarif, mis au point des né-

« Vous voyez bien, m'objectera-t-on, qu'il n'y a pas besoin d'être
» un Syndicat pour faire de bon ouvrage ! la preuve, c'est que notre
» Société du Doubs, avait, bien avant vous, élaboré un Tarif que
» vous déclarez vous-même excellent. »

C'est vrai ; seulement il s'agit de savoir si ce tarif est appliqué
chez vous, et si les médecins qui l'ont approuvé s'y conforment. Et
s'ils ne s'y conforment pas, quelles représailles peut exercer l'Association? — Aucune, n'est-ce pas?

Eh bien, tout à l'heure je vous dirai à mon tour de quelle façon les
Syndicats peuvent faire sanctionner les décisions prises.

Continuons. — Le 22 octobre 1899, vote d'un tarif spécial aux
accidents du travail, en rapport avec les responsabilités beaucoup
plus grandes que nous crée la loi de 1898. Notre tarif est copié sur
le tarif girondin, avec cette différence capitale qu'il spécifie nette-
ment, en quelques paragraphes, certaines clauses dont les événe-
ments ont, depuis lors, montré l'importance (1). Qu'on en juge par
cet extrait :

« 1°) Les médecins des hôpitaux ont droit aux mêmes honoraires
pour les soins qu'ils donnent à un blessé, dans leur service d'hôpital.

» 2°) L'ouvrier est libre dans le choix de son médecin.

» 3°) Les médecins soussignés s'engagent à ne pas donner leurs
soins à des tarifs inférieurs au tarif ci-dessus. »

S'est-on assez escrimé dans toute la France sur ces trois questions
là? A-t-on fait couler assez d'encre pour aboutir parfois aux propositions les plus saugrenues ? Que d'arrêts de justice contradictoires !
le plus souvent, il est vrai, en faveur des médecins, grâce à l'action
syndicale qui intervenait. Jusqu'au Parlement lui-même qui, trou-
vant boiteuse sa propre œuvre de 1898, la remit sur le chantier, et
accoucha, fin mai 1901, d'un nouveau monstre qui fit pousser des
cris d'orfraie aux deux parties intéressées, médecins et Compagnies
d'assurances !

Les clauses ci-dessus du tarif jurassien semblaient avoir prévu
toutes ces difficultés et s'étaient efforcées d'y parer. Oh ! il ne fau-
drait pas croire que, grâce à ces petits articles, cela est allé tout
seul, et que les médecins du Jura ont été sur un lit de roses, pendant que leurs confrères d'à-côté ferraillaient avec les Compagnies !

Ce serait bien mal les connaître, ces braves Compagnies d'as-

---

cessités présentes, est admirablement conçu dans son plan et dans ses détails ; et au
point de vue typographique très clair et très élégant. La dernière partie, due au
docteur Baudin, est une idée très heureuse et sera fort appréciée des praticiens.
C'est le travail de ce genre le plus parfait que je connaisse.

(1) Ce tarif a été publié dans le Bulletin de l'Union des Syndicats du 5 mai 1900.
J'en tiens des exemplaires à la disposition des confrères.

surances, que de croire qu'elles ont accepté la situation sans chercher à l'exploiter. Ici, à Dole, nous avions tous signé le tarif, et il en avait été envoyé des exemplaires, signés, aux patrons et aux Compagnies d'assurances. Tout d'abord, on chercha à nous entamer individuellement, en nous offrant, au rabais comme de juste, le bon petit monopole, si nous consentions à parjurer notre signature, Puis, devant leur insuccès, toutes les Compagnies capitulèrent et acceptèrent notre tarif. Toutes, sauf une, d'origine étrangère. Elle se dit, cette Compagnie très psychologue : « Ce serait bien étonnant si parmi tous ces médecins, il n'y avait pas un félon ! il y en a bien eu un parmi les Apôtres. »

Ce raisonnement n'était pas bête, et il s'est trouvé juste : il y avait un félon. — Alors, à partir de ce jour, plus un seul accident pour nous autres, les fidèles ; vide complet, par suite de la monopolisation des blessés de cette Compagnie au profit de l'élu.

Ce n'est pas tout. A la première réclamation d'honoraires (pour des accidents antérieurs) conforme au tarif jurassien, la Compagnie répond par une lettre hautaine (1) qu'elle ne réglera que devant le juge de paix, sur le tarif d'assistance médicale. C'est ce qui fut fait. Le signataire de ces lignes eut le peu enviable honneur de faire rendre à Dole le premier jugement de ce genre (2). Avec les frais, cela a coûté à la Compagnie un peu plus du double de ce que je lui réclamais... Elle ne s'y est plus frottée ; et depuis cette époque, elle laisse ses blessés libres de choisir leur médecin et règle sans protester les notes d'honoraires conformes à notre tarif; elle trouve que c'est encore meilleur marché.

Les traits de félonie ne sont pas aussi rares qu'on pourrait le croire. Comment les punir? et surtout comment les empêcher? J'ai promis tout à l'heure de vous le dire : voici.

Le Syndicat médical de Bourgoin vient d'obtenir un jugement dans des espèces (comme on dit au Palais) toutes pareilles à notre cas. Le félon a été condamné à des dommages-intérêts envers les autres confrères syndiqués, et aux frais de l'instance. Comme il en a rappelé devant la Cour de Grenoble, il faut attendre l'arrêt : ce sera pour janvier ou février.

Si cet arrêt est confirmatif, soyez persuadés que dorénavant, les syndicataires qui seraient tentés de se laisser séduire par les offres des Compagnies réfléchiront devant la perspective des dommages-intérêts et de la flétrissure morale qui en résulterait pour eux.

(1) Bulletin de l'Union des Syndicats. 5 avril 1900.
(2) Id. 5 juin 1901.

Mais dans ces conditions, dira-t-on, le résultat de tant d'efforts est à la merci d'un confrère nouveau venu pour qui ce serait tout indiqué, n'ayant pas les mains liées par un Syndicat, de profiter de sa liberté pour accepter toutes les propositions et cumuler tous les monopoles offerts au rabais par les Compagnies. — Soit, mais s'il faisait cela, il n'arriverait jamais à faire croire qu'il agit en bon confrère, lorsqu'il vient détruire en quelques jours le fruit de tant de luttes. Et alors, une fois prévenu, s'il continuait à reconstituer à son profit les monopoles si péniblement détruits, il trouverait dressé contre lui, pour le tenir à l'écart et cesser tout rapport professionnel, l'ensemble des confrères syndiqués, unis par les luttes de jadis.

D'ailleurs, on commence à suspecter fortement les intentions des jeunes confrères qui, sans motif avoué, se tiennent à l'écart des syndicats.

« Ne pas être au nombre de ceux qui défendent vaillamment le
» drapeau, par tous les moyens honorables et légaux, c'est s'assimi-
» ler au soldat qui déserte. pendant que ses frères sacrifient tout ce
» qu'ils ont de plus cher, temps, argent, avenir, santé..... Si l'adhé-
» sion au Syndicat fut longtemps un simple droit pour le médecin
» honorable, elle est devenue aujourd'hui un devoir absolu, inéluc-
» table, si on ne veut pas être discuté ou suspect (1). »

Voilà donc résolue à Dole, ou bien près de l'être, la question des monopoles des accidents du travail. Quant aux autres monopoles officiels : Assistance médicale, Vaccination, Enfants du premier âge, le Syndicat des médecins du Jura les a abolis. Dans le Doubs, l'Assistance médicale est attribuée à un certain nombre de médecins privilégiés, à l'exclusion des autres. Dans le Jura, tous les médecins participent à ce service, et ils sont rémunérés à la visite. — Nous avons obtenu la même égalité pour la Vaccination et les Enfants du premier âge : tout le monde a une circonscription; on fait les parts plus petites, voilà tout.

Là où l'action syndicale du Jura s'est exercée de la façon la plus efficace, c'est dans la répression de l'exercice illégal. Qui ne les connaît ces pirates de la médecine? Qui ne les a souhaités au diable, ces célèbres docteurs américains, ces oculistes de la Jungfrau, ces bandagistes diplômés de la Faculté de Paris? Mais ce qu'on ne veut pas assez reconnaître, c'est à quel point ces rastaquouères nuisent à nos intérêts matériels et tendent à avilir la dignité de la profession, en

(1) *Concours médical*, 20 juillet 1901.

se faisant passer pour médecins et en flibustant, sous ce titre, les malheureux qui viennent se confier à eux.

Le Syndicat du Jura a pris à cœur de purger notre département de ces charlatans, et il a obtenu un premier succès cette année. Voici l'histoire :

Depuis longtemps, un certain docteur G..., de Lyon, venait à dates fixes faire des tournées dans les villes du Jura. Il guérissait les hernies, les tumeurs du ventre, les maladies de matrice, d'estomac, des poumons, les rhumatismes,... tout, enfin ! La venue de ce Messie était annoncée à grand renfort d'affiches dans les villages et de réclames dans les journaux locaux, et par une copieuse distribution de prospectus le jour de l'arrivée du personnage. Dès son entrée dans l'hôtel le plus chic de la ville, on hissait (comme pour le Président de la République) une grande pancarte sur toile à la porte principale de l'hôtel. Et alors, le bon peuple était admis à apporter ses maux... et son argent au célèbre docteur.

Le Syndicat ayant appris qu'il venait à Dôle, tout fut préparé pour l'y pincer. Des renseignements demandés au Parquet de Lyon nous avaient appris qu'il n'avait pas le moindre diplôme, mais qu'il avait, en revanche, un casier judiciaire pour escroquerie. Belle prestance, redingote du bon faiseur, un bagout et un aplomb énormes. — Le commissaire de police mit gracieusement à notre disposition un de ses agents les plus intelligents, qui, habillé en simple mortel, devait faire le rôle de *client*. On l'avait préalablement documenté sur *sa maladie* : mauvaises digestions, vomissements, tout ce que vous voudrez. Entre parenthèses, il était, — et il est plus que jamais; — débordant de santé, rose et frais, n'ayant jamais eu une heure de maladie. De plus, par chance, il avait au creux épigastrique un petit lipome gros comme une noisette, insignifiant.

Il arrive à l'hôtel, il est introduit, à son tour, auprès du grand homme. Sur interrogatoire, il débite son chapelet. Le docteur hoche la tête, très soucieux de la gravité du cas. Puis, l'interrogatoire terminé :

— « Déshabillez-vous, mon ami, et étendez-vous sur cette chaise longue. »

L'autre, déjà vaguement inquiet, obtempère.

Le docteur se penche, et soudain, le sourcil froncé, l'index tendu vers l'épigastre :

— « Depuis quand avez-vous cela?

— » Il y a déjà quelque temps, M. le Docteur.

— » Comment! votre médecin n'a pas vu cela! et il vous a pas soigné! Mais, mon pauvre garçon, c'est une hernie, et des plus graves. Si on n'y porte remède, vous avez encore pour deux ans de vie! »

Le pauvre agent, quoique bien prévenu, finissait par avoir un trac abominable. Il nous l'a avoué après.

— » Heureusement, reprend le rasta, que vous êtes venu me trou- » ver. Je me charge de vous guérir, comptez sur moi. Je vais vous » faire envoyer des remèdes, et voici une ceinture. C'est 60 francs. »

Suivant nos instructions, le *client* demande à consulter sa femme. *Exit.* — Entre alors le commissaire de police muni de son écharpe; il demande à voir le diplôme, qu'on ne peut pas lui montrer, et pour cause.

Alors le commissaire, malgré les protestations indignées et les me- naces du charlatan, saisit sur sa table, outre un stock d'appareils et de drogues, un paquet de feuilles volantes dont la lecture était, ma foi, fort instructive. On y trouvait des noms connus de nos clients à nous, que nous n'aurions jamais soupçonnés si... naïfs; et cela, avec des diagnostics cocasses, et les sommes perçues. Ces derniers ren- seignements étaient très intéressants; ils nous ont permis de constate- ter que ce *cher* docteur donnait, en effet, ses soins à l'abdomen, à la tête, à la poitrine; mais jamais *à l'œil*.

Bref, il comparut, à raison de ces faits, devant le tribunal correc- tionnel de Dole, le 30 avril dernier. Le Syndicat du Jura et les méde- cins de Dole s'étaient portés partie civile.

Malgré l'habile plaidoirie d'un avocat qu'il avait amené de Lyon, il fut condamné à 100 francs d'amende et à 100 francs de dommages- intérêts.

Le jugement, remarquablement motivé et écrit dans un style sobre et précis, est un modèle du genre; il insiste notamment sur le pré- judice causé par ces charlatans à la dignité du corps médical [1].

Avec les frais, cette journée d'hôtel revenait à notre pseudo-con- frère à environ 500 francs, — et il n'avait pas couché. — On ne l'a plus revu dans le Jura.

En résumé : relèvement des honoraires pour la clientèle, — impo- sition aux Compagnies d'assurances du tarif jurassien, abolition des monopoles, — condamnation de l'exercice illégal, — voilà les résultats pratiques acquis par le Syndicat des médecins du Jura dans ces quatre dernières années.

Mais il y a d'autres résultats qui, pour être moins tangibles, n'en sont pas moins précieux. Je veux parler du réveil de nos énergies, de la conquête de notre indépendance, et comme conséquence, de l'augmentation du prestige du corps médical tout entier.

Ne craignons pas de le dire bien haut : l'esprit syndical, qui est

(1) Bulletin de l'Union des Syndicats, du 5 juin 1901.

notre esprit nouveau à nous, médecins, est venu, dans ces temps de veulerie et d'égoïsme universels, susciter les sentiments de solidarité sans lesquels nous ne pouvons pas vivre dignement.

Par cet esprit de discipline que l'on puise dans les syndicats, le médecin apprend à respecter les droits de ses confrères et à se respecter lui-même.

En maintenant à un taux raisonnable le chiffre de ses honoraires, et en assurant leur rentrée régulière, il obtient la juste rémunération de ses soins et de son dévoûement, et il évite ainsi cette âpreté besogneuse, mère de l'envie, et mauvaise conseillère.

Le médecin peut ainsi entretenir des rapports cordiaux avec ses confrères en n'empiétant pas sur leur terrain. Mieux rétribué, il peut se contenter d'un nombre moindre de clients, et consacrer au travail un temps dont ils seront les premiers à bénéficier.

Et en définitive, il contribue par là à rendre à la profession médicale, tant attaquée aujourd'hui, son bon renom, sa valeur et sa dignité.

Dole (Jura), 15 décembre 1901.

>>>>>>>><<<<<<<<

BESANÇON. — IMP. ET LITH. DODIVERS.

www.ingramcontent.com/pod-product-compliance
Lightning Source LLC
Chambersburg PA
CBHW061734180626
46818CB00006B/2608